遺山樂府卷之下

太原　元好問　裕之

鷓鴣天

隆德故宮同希顏欽叔知幾諸人賦

臨錦堂前春水波蘭皋亭下落梅多三山宮闕空瀛海萬里風埃暗綺羅　雲子酒雪兒歌留連風月共婆娑人間更有傷心處奈得劉伶醉後何

二

木犀

桂子紛翻浥露黃桂華高韻靜年芳薔薇水潤宮衣軟婆律膏清月殿涼　雲岫句海仙方情緣心事兩難忘

衰蓮枉誤秋風客可是無塵袖裏香

三

零落棲遲感興多酒杯直欲捲銀河人間清鏡悲華髮世外仙棊爛斧柯　長袖舞抗音歌月明人影兩婆娑

四

醉來知被旁人笑無奈風情未減何

蓮

瘦綠愁紅倚暮煙露華涼冷洗嬋娟含情脈脈知誰怨顧影依依定自憐　風送雨水連天淩波無夢夜如年

五

何時北渚亭邊月狼藉秋香拂畫船

孟津作

總道忘憂有杜康酒逢歡處更難忘桃紅李白春千樹
古是今非笑一場　歌浩蕩墨淋浪銀釵縞袂滿鄰牆
百年得意都能幾乞(去聲)與兒曹說醉狂

六

與欽叔京南市飲

樓上歌呼倒接䍦樓前分手卻相攜雨前雨後花枝滅
州北州南酒價低　憐木鴈笑醯雞鶴長鳧短幾時齊
醒來門外三竿日臥聽春泥過馬蹄

七

中秋夜飲倪文仲家蓮花白醉中賦此

月窟秋清桂葉丹仙家釀熟水芝殘香來寶地三千界
露入金莖十二盤　天澹澹夜漫漫五湖豪客酒腸寬
醉來獨跨蒼鸞去太華峰高玉井寒(蓮為水芝見崔豹古今注)

李仁卿同賦二首附

太一滄波下酒星露醽祕訣出仙扃情知天上蓮
花白壓盡人閒竹葉青　迷晚色散秋馨兵廚曉
溜玉泠泠楚江雲錦三千頃笑殺靈均話獨醒

十丈冰花太一峰拍浮來赴酒船中碧筒象鼻秋
泉滑澤國幽香笑捲空　雲澹泞月朦朧醉鄉千
里鯉魚風馮夷擊鼓休驚客羅襪生塵恐惱公

八

效朱希真體
十步宮香出繡簾惱人簾底月纖纖五花驕馬垂楊渡
孤負仙郎側帽檐 秋澹澹酒厭厭新詩和恨入香匳
相思恰似鴛鴦錦一夜新涼一夜添

九

效東坡體
煮酒青梅入坐新姚家池館宋家鄰樓中燕子能留客
陌上楊花也笑人 粱苑月洛陽塵少年難得是閒身
殷勤昨夜三更雨賸醉東城一日春

十

讀李崖州詩有感何處新生黃雀兒飛來直上最高

枝側頭撼腦南園裏將謂春光總屬伊
姚宋光明到此家爭教老作賈長沙碧山也要崖州住
百帀千遭繞郡衙 南苑月曲江花青雲軒蓋滿京華
新生黃雀君休笑占了春光卻被他

十一

宮體八首
候館燈昏雨送涼小樓人靜月侵牀多情卻被無情惱
今夜還如昨夜長 金屋煖玉鑪香春風都屬富家郎
西園何限相思樹辛苦梅花候海棠

十二

憔悴鴛鴦不自由鏡中鸞舞只堪愁庭前花是同心樹

山下泉分兩玉流　金絡馬木蘭舟誰家紅袖水西樓
春風殢殺官橋柳吹盡香緜不放休

十三

天上腰肢說館娃眼中金翠有芳華行雲著意留歌扇
遶柳無情隔鈿車　周昉畫洛陽花一枝濃豔落誰家
春寒恨殺如年夜庭樹陰陰欲暮鴉

十四

小字繚綾寫欲成印來眉黛綠分明水流刻漏何曾住
玉作彈棊儘未平　愁易積夢頻驚閒衾攲臥覺霜清
月明不放寒枝穩夜夜烏啼徹五更

十五

自在晴雲覆苑牆徘徊明月駐清光已看紅袖沾芳酒
猶認宮螺映綺窗　金翡翠繡鴛鴦春風花煖柳緜香
殷勤未數閑情賦不願將身作枕囊

十六

複幕重簾錦作天金荷銀燭夜如年漢皐解佩終疑夢
緱嶺吹笙恰是仙　花一夢柳三眠春風無意惜芳妍
羅裙細看輕盈態元在腰肢婀娜邊

十七

八繭吳蠶賸欲眠東西荷葉兩相憐一江春水何年盡
萬古清光此夜圓　花爛錦柳烘煙韶華滿意與歡緣
不應寂寞求凰意長對秋風泣斷絃

十八
好夢初驚百感新誰家歌管隔牆聞殘燈收罷空明月
臘雪消融更暮雲　鶯有伴鴈離羣西窗寂寞酒微醺
春寒留得梅花在賸為何郎瘦幾分
十九
少日驪駒白玉珂靈砂犀角費頻磨西城燈火長安夢
滿意春風似兩坡　流素月澹秋河百年狂興一聲歌
醉歸扶路人應笑頭上花枝柰老何
二十
拍塞車箱滿載書粱鴻元與世相疏只緣攜手成歸計
不恨埋頭屈壯圖　蒼玉研古銅壺坐看兒輩了耕鋤

年年此日如川酒千尺青松儘未枯
二十一
長恨簫聲隔粉牆爭教移住五雲鄉一溪春水關何事
流水桃花賺阮郎　風攪夢月侵牀情緣消得海生桑
鴛鴦不鎖黃金殿雌蝶雄蜂枉斷腸
二十二
酒興濃於琥珀濃爭教相望水西東人家寒食清明後
天氣輕煙細雨中　花不盡柳無窮賞心難是此時同
阿連近日歌喉穩唱得春窗燭影紅
二十三
短髮如霜久已拚無冠可挂更須彈初聞古寺多佷鬼

又說層冰有熱官　閒處坐　靜中看　時情天意酒杯乾
籬邊老卻陶潛菊　一夜西風一夜寒

二十四

華表歸來老令威　頭皮留在姓名非　舊時逆旅黃粱飯
今日田家白板扉　沽酒市　釣魚磯　愛閒眞與世相違
墓頭不要征西字　元是中原一布衣

二十五

抛卻浮名恰到閒　卻因猥嬾得顢頇　從教道士誇懸解
未信禪和會熱謾　山院靜　草堂寬　一壺濁酒兩蒲團
題詩寄與王夫子　乘興時來看藥闌

二十六

只近浮名不近情　且看不飲更何成　三杯漸覺紛華近
一斗都澆磈磊平　醒復醉　醉還醒　靈均憔悴可憐生
離騷讀殺渾無味　好箇詩家阮步兵

二十七

枕上清風午夢殘　華胥東望海漫漫　湖山似要閒身管
花柳難將病眼看　三徑在　一枝安　小齋容膝有餘寬
鹿裘孤坐千峰雪　耐與青松老歲寒

二十八

總道狙公不易量　朝三暮四儘無妨　舊時鄴下劉公幹
今日家中白侍郎　歌浩蕩　酒淋浪　浮雲身世兩相忘
孤峰頂上青天闊　獨對春風舞一場（村裏黃旛綽家中白侍郎石曼卿詩）

二十九
白白紅紅小樹花春風滿意與鉛華煙霄自屬千金馬
月旦真成兩部蛙　諸葛菜邵平瓜白頭孤影一長嗟
南園睡足松陰轉無數蜂兒趁晚衙

三十
偃蹇蒼山臥北岡鄭莊場圃入微茫郎看花樹三春滿
舊數松風六月涼　蔬近井蜜分房茅齋堅坐有藜牀
傍人錯比揚雄宅笑殺韓家晝錦堂

三十一

薄命妾辭三首

複幕重簾十二樓而今塵土是西州香雲已失金鈿翠

小景猶殘畫扇秋　天也老水空流春山供得幾多愁
桃花一簇開無主儘著風吹雨打休

三十二
顏色如花畫不成命如葉薄可憐生浮萍自合無根蒂
楊柳誰教管送迎　雲聚散月虧盈海枯石爛古今情
鴛鴦隻影江南岸腸斷枯荷夜雨聲

三十三
一日春光一日深眼看芳樹綠成陰娉婷盧女嬌無奈
流落秋娘瘦不禁　霜塞闊海煙沈燕鴻何地更相尋
早教會得琴心了醉盡長門買賦金

三十四

玉立芙蓉鏡裏看鉛紅無地著邊鸞半衾幽夢香初散
滿紙春心墨未乾　深院落曲闌干舊歡新恨苧衣寬
幾時忘得分攜處黃葉疏雲渭水寒

三十五

百囀嬌鶯出畫籠一雙胡蝶殢芳叢蔥蘢花透纖纖月
暗澹香搖細細風　情不盡夢還空歡緣心事淚痕中
長安西望腸堪斷霧閣雲窗又幾重

三十六

澹澹青燈細細香四更人語在幽窗西風數點迎秋雨
六尺芙蓉滿意涼　秦樹遠楚天長綠嬌紅小負年芳
鴛鴦莫道無離恨鎖向金籠恰是雙

三十七

著意尋春苦未遲無情風雨妒芳期青樓天遠無書到
繡被寒多只夢知　雲澹泞月低迷洛陽山色見愁眉
何時重解香羅帶細看春風玉一圍

品令

　清明夜夢酒閒唱田不伐映竹園啼鳥樂府因記之

西齋向曉窗影動人聲悄夢中行處數枝臨水幽花相
照把酒長歌猶記竹閒啼鳥　風流易老更常被閒愁
惱年年春事大都探得歡游多少一夜狂風又是海棠
過了

浪淘沙

詩句入冥搜欲寫還休人閒情是阿誰留千丈游絲不落地風外悠悠　煙雨晚山稠人倚西樓衡陽歸鴈滿沙頭一種江城寒夜客一種春愁

二

雲外鳳凰簫天上星橋相思魂斷欲誰招瘦殺三山亭畔柳不似宮腰　長日篆煙消睡過花朝紅薔薇架碧芭蕉雌蝶雄蜂天不管各自無聊

三

春瘦怯春衣春思低迷雨聲偏與睡相宜懊惱離愁尋殢酒已被愁知　煙樹望中低水繞山圍丁寧雙燕話心期昨夜狂風花在否明日郎歸

四

金翠畫屏山萬髻千鬟桃源樓閣五雲閒恨殺芙蓉城下客不借青鸞　風雨杏花殘芳意都闌一燈孤影小窗閒繡被熏來香欲盡只是春寒

五

為煙中樹作二首

楊柳日三眠桃李爭妍千金誰許占芳年買得閒愁無處著卻恨春偏　流水武陵源夢引愁牽東風歸鴈翩翩試問西窗前夜月幾度先圓

六

芳樹翠煙重殘角疏鐘落花飛絮一簾風可惜河陽桃

前幾場　滿城桃李一枝香雪不屬富家郎風雨沒商量快來與梨花洗妝

四

東原上清宮同楊飛卿夜話汝梁舊游追懷欽叔內翰飛卿名鴻有詩名東州

十年流水共行雲相見重情親滄海坐揚塵便疑是前身後身　風臺月榭舞裙歌扇樂事幾囘新莫話洛陽春更誰似金鑾故人

五

爲東原范尊師壽范新得曹夫人所畫松上幽人圖上有曹道沖題詩

衣冠人物渺翩翩天地一臞仙來自范公泉管家在三山洞天　一簪華髮一篇秋水得意已忘言圖畫看他年與松上幽人竝傳

眼兒媚

阿儀醜筆學雷家繞口墨糊塗音搽今年解道疏籬凍雀遠樹昏鴉　乃公行坐文書裏面皺鬢生華兒郎又待吟詩寫字甚是生涯

朝中措

永寧時作

連延村落竝陽崖川路到山迴竹樹攢成風月溪堂隔斷塵埃　小亭幽圃酴醾未過芍藥初開驢上一壺春

酒主人莫厭重來

二

春閨寂寂掩蒼苔風雨捲春回擬寫碧雲心事筆頭無句安排。燈昏酒冷愁牽夢引直似秋懷料得酴醾知我枕邊時有香來

三

盧溝河上度旃車行路看宮娃古殿吳時花草奚琴塞外風沙天荒地老池臺何處羅綺誰家夢裏數行燈火皇州依舊繁華

四

時情天意枉論量樂事苦相忘白酒家家新釀黃花日重陽城高望遠煙濃草澹一片秋光故國江山如畫醉來忘卻興亡

五

醉來長鋏為誰彈憔悴入函關一帶秦川如畫夕陽仙掌空閒門邊骯髒胸中磈磊何苦入閒匹馬明年西去看君射虎南山

六

櫻桃花下玉亭亭隨步覺春生處處綺羅叢裏偏他特地分明。韶華似水棠梨葉吐楊柳新成不是低鬟一笑十分只是無情

七

為李長源賦

二

流家人不用愁
頗自由書咄咄賦休休西窗晚更幽詩家貧殺也風
漫脈活計拙於鳩閒中又過秋枕書眠了欲登樓貪來
阮歸
錦重重圍住春風
怕晴烘化工也為花中第一稟染偏濃誰有石家紅
御香新折紫囊封萬萬綠雲叢閒晚只嗔寒勒妝成又

十

耐不成長似如今

似情深一天好事還教容易著甚消任煩惱直須酉
夏宵一刻抵千金孤負百年心好箇一江春水深來不

九

印且教臨老花叢
藥香中蜂迎蝶送珠圍翠繞儘消春風嘗甚碧油堂
瑞雲淨動酒波紅一醉椿愁空昨日海棠棠下今朝芳
妝伴騰

八

惱見時別與論量
夜誰行鏡中鸞舞空閒龍轉未抵嬌狂都把而今煩
夾衣長起怯新霜歸路各山長只道佳期相誤夢魂夜

帝城西下望西山城居歲又殘萬家風雪一家寒青燈語夜闌　人鮓甕鬼門關無窮人往還求官莫要近長安長安行路難

三

獨木橋體

別郎容易見郎難千山復萬山楊花簾幕晚風閒愁眉澹澹山　光祿塞鴈門關望夫元有山當時只合鎖雕鞍山頭不放山

清平樂

香團嬌小拍拍春多少一樹鉛華春事了消甚珠圍翠繞　生紅鬧簇枯枝只愁吹破胭脂說與東風知道杏

花不看開時

二

溪頭來去坐臥沿溪樹管甚人閒無著處已被白雲留住　生平不置肝腸只今物我都忘說與山中魚鳥相親相近何妨

三

太山上作

江山殘照落落舒清眺澗壑風來號萬竅盡入長松悲嘯　井蛙瀚海雲濤醯雞日遠天高醉眼千峰頂上世間多少秋毫

四

罷鎮平歸西山草堂
垂楊小渡處處歸鞍駐八十田翁頁愧汝把酒千言萬語　細侯竹馬相從笑渠奔走兒童十里村簫社鼓依然傀儡棚中

五

離腸宛轉瘦覺妝痕淺飛去飛來雙語燕消息知郎近遠　樓前小雨珊珊海棠簾幕輕寒杜宇一聲春去樹頭無數青山

六

蘭膏香聚醉枕閒低語一刻春宵流水去訴得離情幾許　桃花紅淺紅深五年煙草歸心留得一枝春在爭教綠葉成陰

七

香凝嬌聚玉立臨春樹細看司花留意處都在輕勻淺注　相逢南陌東城有情只似無情說與新來憔悴鶯兒不解丁寍

八

憶鎮陽
悲歡聚散世事天誰管梳去梳來雙鬢短鏡裏看看雪滿　燕南十月霜寒孤身去住都難何日西窗燈火眼前兒女團欒

九

夜宿奉先與宗人明道談天壇勝游因賦此詞司馬
子微開元十七年中元日藏金籙符經於天壇石室
中興亂後人得之字畫如洛神賦絲系亦不爛壞予
於山陽一相識家嘗見之
丹書詔字細認金華事試問誰邊堪寄似除卻青蓮居
士　沿仙八表洽風爭效低首禁籠須真雲裘縹緲滄
天壇影西東
十
嘲兒子阿宜
嬌癡婭姹解說三生話試看詩彩驕竹馬若箇張嘗詩
書　西家逸壇樓東家談笑封侯莫道元郎小小明

平部曲黃半
十一
贈河龍英鶴來小女子阿金張中遂二女名蘭蘭楚
楚
瓊枝綠草來自三山島莫道生男堪憐老掌上金兒貞
好　朋指杏書生紅綃羅擧并春風好共蘭蘭楚楚畫
紋之工巧圖中
浣溪沙
方城仙翁山北水莊成而夏佐以事數以此寄之
百所指得泉繞舍鳴隔年楊柳綠陰成次鴻花多遍一舟輕
行處自由皆樂事得來無用是虛名古今閑樂不須

鷲

二

宿孟津官舍

一夜春寒滿下廳獨眠人起候明星娟娟山月入疏櫺
萬古風雲雙短鬢百年身世幾長亭浩歌聊且慰飄零

三

外家種德堂

牆外桑麻雨露深堂前桃李有新陰高門因見古人心
三世讀書無白屋一經教子勝黃金小雛先與喚瓊林

四

史院得告歸西山

萬頃風煙入酒壺西山歸去一狂夫皇家結網未曾疏
情性本宜閒處著文章自忖用時無醉來聊爲鼓嚨胡

五

芍藥初開百步香小闌幽徑隔長廊好花都屬富家郎
此樂莫教兒輩覺老夫聊發少年狂高燒銀燭照紅妝

六

日射雲開五色芝鴛鴦宮瓦碧參差西山晴雪入新詩

焦土已經三月火殘花猶發萬年枝他年江令獨來
時往年宏辭御題有西山晴雪詩

七
相州西南善應洹水所從出風物絕似吾嵩山玉溪
但寒藤老屋差不及耳
湖上春風散客愁芳洲煙景記曾游人家渾似玉溪頭
楊柳青旗酤酒市桃花流水釣魚舟紅塵鞍馬幾時
休

八
三臺送客作離合體
錦帶吳鉤萬里行青雲人物舊知名百壺春酒過清明
渺渺荒陂水井路青青楊柳玉關情斜陽無語下西
陵

九
芳草垂楊長樂坡兩行紅粉一聲歌淋漓襟袖酒痕多
夢裏翠翹驚墮枕愁邊羅襪見凌波春寒春瘦夜如
何

十
夢繞桃源寂寞回春殘滋味似秋懷多情翻恨酒爲媒
數點雨聲風約住一簾花影月移來小闌幽徑獨徘
徊

十一

懷李彥深李齊南人繡江在長白山下

綠綺塵埃試拂絃今人誰與子爭先相逢尊酒合留連金馬玉堂梁苑客岸花汀草繡江船舊游回首又三年

後庭花破子

玉樹後庭前瑤華妝鏡邊去年花不老今年月又圓莫教偏和花和月大家長少年

二

夜夜壁月圓朝朝瓊樹新貴人三閣上羅衣拂繡茵後庭人和花和月共分今夜春

孫正卿和一首附正卿名梁中山人

柳葉黛眉愁菱花妝鏡羞夜夜長門月天寒獨上樓水東流新詩誰寄相思紅葉秋

古烏夜啼

玉簪

花中閒遠風流一枝秋只枉十分淸瘦不禁愁 人欲去花無語更遲留記得玉人遺下玉搔頭

點絳脣

長安中作

沙際春歸綠窗猶唱留春住問春何處花落鶯無語

二

渺渺吟懷漠漠煙中樹西樓暮一簾疏雨夢裏尋春去

宜男

綠澹香濃舊曾百子池邊種碧筵孤辇驚墮釵頭鳳

檀粉輕拈苦怕蜂腰重天花供一枝誰送寂寞南華夢

三

青梅㳫盦時作

玉葉璁瓏素妝不趁宮黃媚謝家風致最得春風意

手把青枝憶得斜橫髻西州淚玉觴無味強爲清香醉

四

痛負花期半春猶在長安道故園春早紅雨深芳草

愁裏花開愁裏花空老西歸好一尊傾倒乞去聲與花枝

惱

五

夢裏梁園煖風遲日熏羅綺滿城桃李車馬紅塵起

客枕三年故國雲千里更殘未夜寒如水茅屋清霜底

六

國豔天香一叢百朶開來半燕忙鶯亂要結尋芳伴

買斷春風醉倒應須拚清尊滿謝家池館歲歲年年看

七

寄李輔之

生死論交有情何似無情好滿前花草更覺今年老

塞上春遲湖上春風早東州道幾時飛到爛醉紅雲島

八

羅含演義外五更風惡醉後題詩渾忘卻鳥啼殘月落

遺詞西齋

謁金門

畫處同

風　伯勞分背西飛燕何日相逢縱得相逢海闊天高

兒家門戶重重掩閑住墻東柱被春工萬紫千紅一夜

採桑子

鬧高閣

中秋　喜攤子弄鳩雛最憐渠青衫竹馬後日迎門好

行辭　話十言五車書真欲釜生魚天公也相料理新得學

仲經舉兒小字高閣所居名高齋

詞下

三

曲黃牛

鑽頭　山崎寺水心樓去來林酒醉扶歸路鼓吹鳴蛙部

升平貴富尺侯愁損抱官因自家本無煩惱閑處要

二

簡嵩陽

三朋　蘭若寺王家莊兩茅堂雞豕通社聽鳴比鄰好

萬人如海一身藏隨例大家忙東華紅塵土俗損謝

訴衷情

天上歡娛未省人間有休回首渭城煙柳陽關離亭酒

十六芳年錦兒嬌小麗兒秀海棠紅擁恰到愁時候

憔悴何郎東閣病酒不禁重酌袖裏梅花春一握幽懷無處託

好事近

冬夜有懷

夢裏十年心情味夢回猶恐枕上數行清淚被驚烏啼落　西窗瓶水夜深寒梅花瘦如削只有一枝春在問東君留著

樂府詩家之大香匳也遺山所著淸新婉麗其自視似羞比秦晁賀晏諸人而直欲追配於東坡稼軒之作豈是以東坡爲第一而作者之難得也耶然后山以爲子瞻以詩爲詞如敎坊雷大使之舞雖極天下之工要非本色李易安亦云子瞻歌詞皆句讀不葺之詩耳往往不協音律王半山曾南豐文章似西漢若作小歌詞則人必絶倒不可讀也乃知別是一家知之者少彼三先生之集大成猶不免人之譏議況其下者乎夫詩文分平側而歌詞分五音五聲又分六律淸濁輕重無不克諧然後可以入腔矣蓋東坡自言平生三不如人歌舞一也故所作歌詞閒有不入腔處耳然與半山南豐皆

學際天人其於作小歌詞直如酌蠡水於大海豈可謗傷耶吾東方旣與中國語音殊異於其所謂樂府者不知引聲唱曲只分字之平側句之長短而協之以韻皆所謂以詩爲詞者捧心而顰其里祇見其醜陋耳是以文章巨公皆不敢強作非才之不逮也亦如使中國人若作鄭瓜亭小唐雞之解則必且使人撫掌絶纓矣惟益齋入侍忠宣王與閻趙諸學士遊備知詩餘衆體者吾東方一人而已然使后山易安可作未知以敝衣緩步爲眞孫叔敖也耶以此知人不可造次爲之雖未知樂府亦非我國文章之累也愚之誦此言久矣今以告監司廣源李相國相國曰子之言是矣然學者如欲依

樣畫胡盧不可不廣布是集也於是求舊本考校[illegible]文

訛字傭寫淨本送慶晉州牧使任繡梓時弘治紀元

之五年壬子重陽後一日都事月城李宗準仲鈞識

遺山樂府校記

卷之一

水調歌頭一 題張家鼐南塘刊本不載凌雲翰選本張穆陽泉山莊刊本鐵笛騎牛二十字脫

又三 夜樂凌張諸本作大藥

又四 題南塘本不載凌本陽泉本題首三十一字及又題知音者九字竝脫

又五 凌本無 題二張本故有判三字語字竝脫

又六 帶林北原本帶字闕从凌張諸本 百年來原本作百來年从南塘本

又八 凌張諸本竝無 包口原本闕文作晨誤疑是裏字

又九 趙壹原本壹作一从凌張諸本 欲誰穿二張本欲作有

又十 凌本無 竹里原本里作裏从二張本

又十一 題二張本上有西京二字 回指二張本回作西 成皐原本作城皇从凌張諸本

摸魚兒一 題南塘本不載 浣塵土南塘本浣作洗 瘦藤原本藤作滕从凌張諸本

只山烏凌本只作要

又二 題南塘本作逢捕鴈者 恨人間二張本恨作問

又三 題南塘本不載 人間 風雨凌張諸本人作中風作秋

木蘭花二三四五凌本竝無

又六 漳流原本漳作漲从二張本

水龍吟一 凌本無 題二張本不載 高卷二張本捲作掩

又二 題凌張諸本作中秋

又三 題凌本作月二張本作中秋 方口凌本方作枋

又四 凌本無

又五 凌本無 題南塘本不載

沁園春 一 看來朝鏡 凌本陽泉本作來朝看鏡南塘本作朝來看鏡

賀新郎 凌本無 題 二張本首三字脫 赴節 原本赴作起从二張本 孤猨 二張本猨

作燈

最高樓 一 歡飲 凌本南塘本歡作勸 求吾是 原本求作取从凌張諸本

玉漏遲 題 原本圍城下無巾字从二張本二張本末有爲欽用弟賦五字

滿江紅 一 朝看 凌本看作爲

又 二 世閒 凌本作古來 古來 凌張諸本來作人

又 三四凌本並無

又 五凌本無 髯如戟 隱然 二張本髯作須然作如

又 六凌本無 題 二張本不載 待州 陽泉本待作徐南塘本疑作神州

又 八 誰織 凌張諸本誰作難 除有 凌本除作惟 文星 西歸 凌張諸本星作

通歸作飛

念奴嬌 北山 陽泉本作山北

永遇樂 凌本無 題 二張本不載 黃散 原本散作放从二張本

聲聲慢 凌本無 甚風雲 原本甚字脫从二張本

卷之中

石州慢 二 疏林 二張本林作籬

洞仙歌 一 雙胡蝶 凌張諸本雙作看

滿庭芳 凌本無 題 二張本作同座主閑閑公賦 融霞 二張本霞作春 繡帽 按是句衍

一字二張本無凝字

又 附凌張諸本並誤爲遺山作 題 南塘本不載凌本陽泉本並載遺山原題略有增刪

八聲甘州 一凌本無 少室 原本室字脫从南塘本 百態 按是句衍一字 五兵

原本兵作北从二張本

又二淩本無荒煙二張本荒作蒼

江城子一似得淩張諸本作得似

又二題淩張諸本作賦牡丹笑殺原本殺作語从二張本

又四淩本無寄語因箇二張本寄語作恨殺因作忙

又五淩本無題二張本並作送人歸舊居

又九淩本無

又十長記淩本作燕語

又十一淩本無

又十二洗胭脂淩張諸本洗作冷

又十三淩本無

行香子一題淩張諸本並作浙江上作

感皇恩一二淩本並無

促拍醜奴兒一淩本無

又附二張本並誤爲遺山作

又二淩本無題二張本作賀人生子

又三淩本無題二張本不載

青玉案二二張本並無

婆羅門引三五盈盈南塘本作盈盈三五別時淩本別時作舊

玉樓春淩本無一帶二張本帶作片又到陽泉本又作不

定風波淩本無註原本無从二張本

又二淩本無

又 从原本二張本作此

又 二本無 変 流烟二張作 舊本

江城子 二本無 一 以得作張 似諸本

又 二本 題作 ... 从原本二張本 校作 譜

又 四本無 変 ... 諧 因 ... 二 校張本 因作 ... 作

又 五本無 変 題 二 ... 人張 本 並作 ...

又 九本無 変

又 十本 長 言 ... 諸本 作

又 十一本 変 無

又 二十 ... 本 ... 作張 令 諸本

又 十三本 陵 無

行香子 一 題 作 変 ... 江 諸本 上 作 並

感皇恩 一本 二 並無 変

浣溪沙 白 ... 兒 一本 無 変

又 ... 山 張 作 本 並

又 二本 無 変 題 二 ... 人 張 本 生 作

又 三本 無 変 題 二 ... 張 本

青玉案 二本 並無 二張

婆羅門引 三 五 盞 盞 ... 作 ... 本 ...

玉樓春 無陵本 一 帶 二 張 作 從 片 本 又 ... 作 本

定風波 無陵本 主原本無從 言二張本

又 二本無 陵

蝶戀花三黃牛凌本黃作吳

臨江仙二題凌張諸本末有德新丈三字

又三亂蟬二張本亂作晚

又四詩斑南塘本詩作絲

又五閭閻凌本作闠闠二張本作閭門

又六凌本無爭問二張本問作向

又七凌本無題二張本不載

又九凌本無註二張本無

又十凌本無題二張本不載一尊二張本尊作杯

又十一凌本無題二張本

又十二凌本無新來二張本來作年

又十三昨日凌張諸本日作夜

又十五薰酣凌張諸本薰作醺吾與二張本與作欲

虞美人一二凌本竝無

小重山一凌本無

鵲橋仙一凌張諸本竝無

又二二張本竝無

又三凌張諸本竝無

惜分飛原本作一落索誤从南塘本

南鄉子二三凌本竝無

又四殘燈二張本燈作更

又五凌本無

卷之下

鷓鴣天二 年芳凌張諸本年作生

又五 題凌本作孟津作 兒曹凌本曹作童

又九凌本無

又十二張本無 爭敎凌本爭作曾

又十二 憔悴凌張諸本作翡翠 木蘭凌本蘭作犀

又十四 攲臥凌張諸本臥作枕

又十五十八凌本並無

又二十 成歸計凌張諸本成作尋

又二十一凌本無 琥珀濃南塘本濃作醲疑是鍾字

又二十三 層冰原本冰作兵从凌張諸本

又二十五凌本無 猥嬾原本猥作隈从陽泉本 顢頇原本作瞞肝从二張本

又二十八凌本無

又三十凌本無 藜牀原本藜作棃从陽泉本

又三十一 幾多凌本幾作許

又三十四 分攜處原本處作手从凌張諸本

又三十六凌本無

品令凌本無

浪淘沙一凌本無

又五凌本無 無處著 鳫翮二張本處著作翩著處鳫作燕

又六凌張諸本並無

南柯子一凌張諸本並無

六

又十十一凌本並無

浣溪沙一凌本無題原本艮佐佐作佚从二張本舟輕二張本輕作橫

又二三凌本並無

又五凌本無題二張本作集句

又六凌本無

又七凌本無題二張本不載

又八凌本無題二張本不載錦帶吳鈎原本四字闕从二張本

又九垂楊原本作垂陽从張本

又十凌本無題原本陽泉本不載从南塘本

又十一凌本無塵埃二張本塵作紅

後庭花破子一二張本並無

點絳脣一陽泉本無沙際南塘本作醉裏

又二三四五六七八凌張諸本並無

訴衷情一凌本無俗損原本俗作倍从二張本

又二凌本無

又三凌本無題二張本不載

采桑子凌本無

謁金門凌本無

好事近凌本無西窗原本窗作牀从二張本

右遺山樂府三卷明宏治壬子高麗刋本也遺山樂府一卷本明錢塘凌彥翀雲翰編選勞巽卿謂卽詞綜發凡之二卷本阮伯元以五卷本新樂府當之誤

矣新樂府五卷盧抱經謂出義門何氏平定張碩洲穆華亭張調甫家藏兩刻之平定張氏本今止四卷末卷海豐吳氏補刻顧是編遺山自序亦稱新樂府新之云者殆別乎詩中之樂府而言或謂遺山詞有舊樂府已佚者非也而篇次多寡與五卷本不合且有廿餘闋溢乎其外者張歗山謂五卷鈔本流傳謬亂百出故二張所刋未爲盡善或脫載全題或漏列注語且有坿刻他人之作不爲標明尤其失之甚者是編訛字闕文閒亦不免老友吳伯宛寄屬校刋遂援凌張諸本勘舉若干條其異文得兩通者亦坿著焉原本每半葉十行每行十七字上下黑口雙邊惟劂工稍陋篇幅復漫漶爰爲移刻而記其行款如此張玉田謂先生詞深於用事精於練句杜善夫謂先生詩如佛說法其言如蜜中邊皆甜吾於先生詞亦云癸丑六月歸安朱孝臧跋

圖書在版編目（CIP）數據

遺山樂府 /（金）元好問著. -- 揚州 : 廣陵書社,
2014.11
（中國雕版精品叢書）
ISBN 978-7-5554-0161-2

Ⅰ. ①遺… Ⅱ. ①元… Ⅲ. ①詞（文學）—作品集—中國—金代 Ⅳ. ①I222.846.4

中國版本圖書館CIP數據核字(2014)第237978號

ISBN 978-7-5554-0161-2

2011—2020年國家古籍整理出版規劃項目
揚州中國雕版印刷博物館藏板

遺山樂府
（中國雕版精品叢書）

著　者　（金）元好問
責任編輯　王志娟
裝幀設計　心宇　孫潤生
出版人　曾學文
出版發行　廣陵書社
社　址　揚州市維揚路三四九號
郵　編　二二五〇〇九
電　話　（〇五一四）八五二二八〇八八　八五二二八〇八九
印　刷　揚州（廣陵書社）雕版印刷傳習所
版　次　二〇一四年十一月第一版第一次印刷
標準書號　ISBN 978-7-5554-0161-2
定　價　捌佰圓整（全貳册）

http://www.yzglpub.com　E-mail:yzglss@163.com

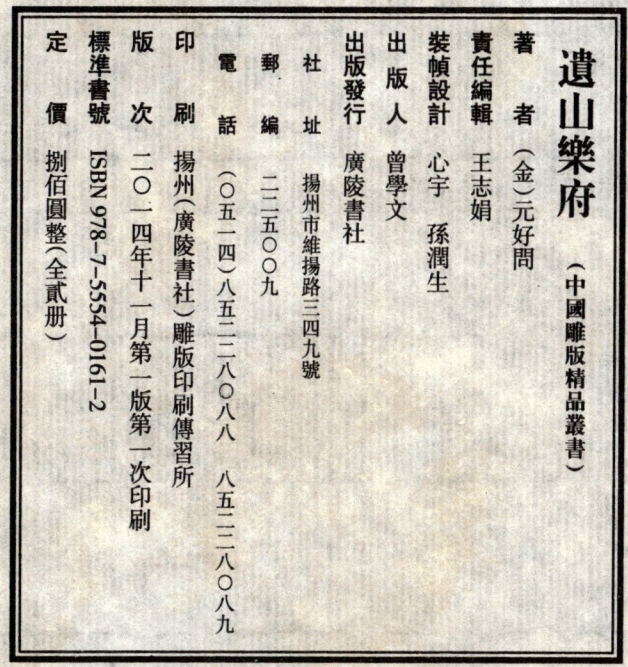